清·椿

逝水兰钧 ◎ 著

云南出版集团
云南人民出版社

图书在版编目（CIP）数据

清·椿/逝水兰钧著. -- 昆明：云南人民出版社，2019.10

ISBN 978-7-222-18680-4

Ⅰ.①清… Ⅱ.①逝… Ⅲ.①诗集—中国—当代 Ⅳ.①I227

中国版本图书馆CIP数据核字(2019)第219739号

清·椿
QING·CHUN

逝水兰钧 ◎ 著

责任编辑：陈浩东　装帧设计：杜佳颖　插　图：欧阳曾珊
责任校对：苏　娅　责任印制：马文杰

出版	云南出版集团
	云南人民出版社
发行	云南人民出版社
地址	昆明市环城西路609号
邮编	650034
网址	www.ynpph.com.cn
E-mail	ynrms@sina.com
开本	889×1194　1/32
印张	5
字数	40千
版次	2019年10月第1版第1次印刷
印刷	云南康龙彩印包装有限公司
书号	978-7-222-18680-4
定价	46.00元

云南人民出版社微信公众号

在个人化多重写作中展示内心的热度

——读逝水兰钧的诗集《清·椿》

李 磊①

在当代中国,诗歌个人化写作是一种潮流,也是一种风尚。我一直认为,所谓个人化写作,就是诗人通过对个体生存状态和精神状态的体察和描述,结合传统文化心理的透视,甚至对个人身体

---

① 李磊,湖北人,广东某大学外国语学院院长,教授。曾就读于华中师范大学、华中科技大学、美国堪萨斯大学。系广东省外语教学指导委员会委员,广州外语协会副会长,湖北作家协会会员等。曾在《人民日报》《湖北日报》《China Daily》《诗刊》《星星》等30多家报刊发表诗歌及译作500余首。出版英汉对译诗集2部,曾获《飞天》"大学生诗苑"诗歌奖(1985)。2018年,与龚刚教授共同主编出版《七剑诗选》(暨南大学出版社)。现主要从事古典诗词翻译研究和外国文学研究。曾主持教育部人文资助金项目和广东省哲社项目3项及其他省级质量工程项目,英语教学改革项目共10项。在《外国文学研究》《外语教学》《译林》《山东外语教学》等CSSCI等核心期刊和ISTP和A&HCI发表相关文章50余篇。2018年,出版中外文学论著《灵魂的投影,内心的独白》(光明日报出版社)。

和欲望的探求，表现出对诗人个体精神走向的密切关注。一句话，就是用一种独特的个体审美取向，专注于个人的灵魂独悟和私人体验。这类诗歌较多地呈现出带有终极意义的人类悲剧性生存景观，并且试图以一种思想者的姿态体验和感性言说掩盖其生存表象背后的那种生存之痛。早逝的著名评论家陈超先生认为：诗人从个体身份和立场出发，独立介入文化语境，承担起人类命运和文学的诉求，弘扬个人话语的权力，并且拒绝普通化的写作实践，同时与一些时代重大题材相疏离，从而突出个人的声音和语感，风格和差异。

正因如此，当我读诗人逝水兰钧的诗集《清●椿》时，就获得了这样一种体验。她（他）在这本近体诗、古体诗和自由诗的诗歌集里，比较全面地展示了个人的独特体验，并把这种体验延伸到人类普遍生活中来。她（他）擅长用具有直觉性特征的意象来表达其对个体生命和周遭世界的感觉，寄予诗人对自我价值和历史文化的思考，同时呈现其丰富细腻、虚实相生、朦胧多极的诗歌特性，从而在个人化多重写作中展示其内心的热度。在读逝水兰钧诗词的过程中，我常常无法说出什么，因为我只有一个感觉，那就是在这些诗词里的朦胧美感。然而，当我细心地去寻找其叙述纹路的时候，却发现无论是借物起兴，还是借景生情，作者都始终坚持把许多主体的再造形象相互融合。也就是说，强调了诗词意境的虚实相生，把物境、情境和意境相互交融，从而形成逝水兰钧诗词里的朦胧多极，达到她（他）所期待的"韵外之韵"。看她（他）的两首律诗：

瞑苍

淡金徘徊缀瞑苍，莹紫佻拓恣肆荡。
龙游晦隐闷雷响，碧枝隐翠嫩林疏。

风漾清空暂明朗，落寞北斗懒散藏。
摘星一世空孟浪，呆盼广陵渐成殇。

暖

春撷芳芷共从容，杨花散尽东风破。
北境六月尝飞雪，南国温润亦侘傺。
沐云栉雨不得归，日曜烹风落垂拱。
香蕊飘零荼蘼梦，栀甜杏软总堪纵。

在这里，逝水兰钧创造了一个无形的虚幻世界。在我看来这个世界更多的是心灵的世界，正因如此，也就反映出了诗人对现实世界的某种期待和展望。"淡金徘徊缀瞑苍，莹紫佻拓恣肆荡。／风漾清空暂明朗，落寞北斗懒散藏。"这是在描述实景，诗人似乎在寻找一个"清空""明朗""莹紫佻拓"的自由世界，但那"香蕊飘零荼蘼梦，栀甜杏软总堪纵"的悲情又是那样的令人感伤。诗人就是这样的一种人，寄希望于一个"龙游晦隐闷雷响"的世界，但又感叹于"落寞北斗懒散藏"的悲凉，既渴望"北境六月尝飞雪，南国温润亦侘傺"的洒脱，又关切"春撷芳芷共从容，杨花散尽东风破"的韵致。诗人就是这样一个矛盾体，一个看似远离尘嚣浮躁，投身世外桃源的白衣仙子，但同时又想成为一个激情恣意，敢作敢当的时代弄潮儿。所以，人生的悲剧就在所难免了。到此，逝水兰钧并没有继续描摹下去，而是见好就收，"北境六月尝飞雪，南国温润亦侘傺。沐云栉雨不得归，日曜烹风落垂拱"。为读者留下一个更广阔的想象空间。或许我们无法知道"摘星一世空孟浪，呆盼广陵渐成殇"想说什么，但这已经无关紧要了，因为读者可以通过自己的心灵再创造，这种创造也就完成了整首诗的最后过程。

著名诗人和翻译家汪剑钊教授曾把这个时代描述为"诗歌的乌鸦时代",这是颇有见地的。他认为:"在这样一个时代,选择诗歌作为自己的人生目标,是拆除了现实的屋子,来建造一座虚构的城堡。当代的中国诗人对此体验更深,他们天性里的浪漫精神很难找到一块纯净的浪漫主义天空。"所以,我读逝水兰钧的诗歌,就有了剑钊先生的精彩认知:"太阳已经落山,月亮尚未升起,玫瑰花的花魂也在逃逸。"在逝水兰钧的诗里,我们到处可以看到这样的句式:"死生顿挫须扬抑,静守来年春芳至"的渴望;"叶笛悠悠醉梦彻,焚稿烹肠求玉碎"的心伤;"云重席卷过千山,早日抛却梦魂酣"的感悟;"漫漫歧途亲信远,惜知处处有花繁"的遗恨;还有"自古年少英雄志,不期天水可倒倾"的回味。这些带有中国人普遍情感的表达,虽然可以用"意态不复闲,终朝长凝睇"来涵盖,但在诗人冷峻而忧郁的面孔背后,有一双渴望平和与善良的眼睛。也许,这才是逝水兰钧的世界,把与自然的搏斗与哀荣交替到人类的兴衰与荣耀当中,而在诗歌里飞扬起动荡却也有序的生命动感,体现了诗人旺盛的生活热情,这位独特的个体诗人并没有一味感叹,她(他)有自我心灵的呐喊,这种号叫正是诗歌激情,或沉默,或忧伤,或孤独,或向往。诗人把很多原始意象、自然物象和人类社会相互交织缠绕,展示出一幅幅斑驳变幻的生活场景,把古典的韵唱转换为一种生命本能,为自然而歌唱。看逝水兰钧的四首绝句:

林花愫

秋光晕染醉花荫,小圃彩卉倚翠林。

不拘风过无定寝,愿守岁寒一时青。

落尘埃

静影深潭眸如星，泅浮尘浪总关情。
痛舍皑皑来时路，湛明夕景漠离卿。

风中絮

绒絮凌舟漫天舞，轻吹球茎扬莺处。
人若纤丝亦无根，狂风过时起征途。

邀冬

芍枝蓬勃将及腰，四时花讯共抽调。
信秋可悟夏末寒，潾潾云起早相邀。

  在这几首我比较欣赏的诗中，逝水兰钧描写了一种宁静的自然风情，没有过多渲染田园风光的外在景物，而是从有限的画面中折射出一种更为美好的理想境界。既有"不拘风过无定寝，愿守岁寒一时青"的平淡，也有"静影深潭眸如星，泅浮尘浪总关情"的温婉；既有"人若纤丝亦无根，狂风过时起征途"的洒脱，更有"芍枝蓬勃将及腰，四时花讯共抽调"的风韵。我体会到，也许逝水兰钧此时已脱离现实之境，正处在其所描写的想象空间当中，那是一种自由自在、率性纯真、怡然自乐的超现实的理想境界。正如明人许学夷云："超然物表，遇境成趣"，即从有限的现实景象外射出无限审美光束。超乎具体景象之外的无穷意趣，是文本的阅读陌生化，抗读性机制作用下所产生的"象外之象，景外之景"（司空图语）的想象虚空之境。看逝水兰钧的这首词：

雨霖铃

更深叶落，时如滴水，声声随刻。

小楼孤夜长卷，字字钻心，老笺昏霁。

墨渍洇遍白宣，求不得解脱。

梦沉靥，几成痴缠，何处蜂蝶紫陌。

境迁早是星移祸。

乘风过，谁解汝饥渴？

天边秋雨无断，却胜似，旧昔枯涸。

别来疏落，抛尽故人，冻伤遗乐。

偏难弃意切情挚，同为薄衫客。

在逝水兰钧的创作中，还有一种富有张力的审美心理方式，那就是逝水兰钧在构造意境之时，常常用某种特殊的模态思维去超越虚实之境，由此而生"更深叶落，时如滴水，声声随刻。小楼孤夜长卷，字字钻心，老笺昏霁"那种若有若无的朦胧美感，"别来疏落，抛尽故人，冻伤遗乐。偏难弃意切情挚，同为薄衫客"，使这种仿佛迷茫的想象具有多极化的特质。众所周知，今天的人们活在一个越来越虚幻的世界里，个体生命的分裂使得诗歌的创作也比较虚空，诗歌也许成为很多诗人或者普通人表达自我的一种宣泄方式，同时也是灵魂的最后居所。所以，很多诗人喜欢用一种比较"超现实"的迷离梦境来表达个人与世界的支离破碎，从而来弥补自我失落的心灵空间。正如德国哲学家和诗人伽达默尔所言："诗人是人类存在的象征。"对于一个时代，"没有更好的理解，只有不同方式的理解"。所以，我认为，逝水兰钧正是通过自我的深刻理解，把个人的情怀与感伤赋予在这个时代的脉搏上，任凭山水、时光和情感如何变幻,用自己独有的迷离空间来构建自我人格。在这个心空间里,无论作者留下了怎样的多极化意境之谜,读者也能对意境的审美价值产生再造的迷人动力,在读者的心中也就产生了"千万个哈姆雷特"。一切任凭读者采取不同的方式去理解,或许不是作者内心的感受,这又有什么关系呢,因为读者通过这些诗句,也在抒写自我人生的悲情与喜剧。再看逝水兰钧的一首自由诗:

雪前

阳光渐渐式微,院内树峰崔嵬,
心思百转迂回,自卑、懦弱、倾颓
——应和深秋将至未至的雪,低回,低回。
只差最后一场风雨,枝上红叶便被全部摧毁,
落叶破碎的声音干枯清脆,
单薄如世人不被接受的忏悔。
快乐并非糜烂的沉醉,它无法寻追;
骤然猛烈的阳光后是永夜的回归。
初雪也许压抑,也许明媚;
对错是非掺了愧,代价昂贵。
待雪花飘飞,又是一年秋尽,
大地沉睡,莫名催人落泪,一滴,只一滴。

在这首特别个人化的《雪前》,逝水兰钧所创造的画面是不确定的,我甚至以为是有些对立的,"落叶破碎的声音干枯清脆,单薄如世人不被接受的忏悔。快乐并非糜烂的沉醉,它无法寻追"。把生命的"破碎,忏悔,沉醉,快乐"集合在一个矛盾空间里,在心理冲突中,渴望"找寻"生命的完整。但逝水兰钧却在某种对立

当中相互融合了一些模糊空间，使其意象和意义朦胧不定，使读者在迷离当中去体悟这个空间的未定情景。"待雪花飘飞，又是一年秋尽，大地沉睡，莫名催人落泪，一滴，只一滴。"虽然传达的是一种怀人之情，但读者却须在一种朦胧迷离的境界中去体会现实和理想的距离感。"骤然猛烈的阳光后是永夜的回归。初雪也许压抑，也许明媚；对错是非掺了愧，代价昂贵。"若隐若现，可望而不可即，以半是接近，半是远离的双向情感运动来展示出爱和情谊的无穷魅力。

中国著名诗人和翻译家王家新是这样描述诗人的，他认为：苦难可以产生诗歌的神圣性，但诗人的苦难，有的是外部社会原因造成的，但更多的是诗人自身命运创造出来的，所以，对困难的理解和接纳，与他们自我人生的选择有关。我认为，王家新的言说是有意义的，因为，无论诗人是否经历过苦难，真正的诗人绝不像一般人一样浮在生活的表面，他们能够进入到生活更本质的层面，所以诗人才能成为"人类存在的象征"。这便要求诗人"保持一种独立、自由、责任的精神禀赋和人格姿势"（南欧语）。而读者对诗人和诗歌接受和认同，则根植于每个读者的痛楚和柔软的内心。但现在有相当一些诗人只懂得宏大叙事和大词说教，总把自己当成一个时代的歌王和圣者，内心当中总有那么一种不自觉的傲慢，也许口头上也挂满温情。我一直不能接受诗人是歌王、是圣者的说法，我认为，诗人是一个最普通的存在，是一个尽力用艺术的方式，表达最普通生活和普通世界的写作者。诗人作为这个世界的一员，灵魂深处并不比一般人更加高洁，也许有的更加猥琐。而那些总把歌王和圣者挂在嘴边的诗人，不可能代言这个时代，也不是一个真正的人文主义者。因此，人文主义意义上的诗人是独立的，同情弱小的个体。诗人概念的真正精髓，是以同情心和怜悯心关照和体察被大词遮蔽的个体苦难。

　　因此，这就是我为什么喜欢逝水兰钧的诗歌的原因。其实，我不知道逝水兰钧是谁，也不知其是男是女。因为诗集《清·椿》将要出版，一个朋友委托我写篇序言，我就认真研读了这个作者的作品，正好通过研读她（他）的创作，表达我个人的诗歌感悟。而我从这个作者的现代诗词和自由诗歌的创作中，发现她（他）借助虚实相生、朦胧多极的写法，创造了很多不同审美个性的诗歌，其话语形式产生的审美境界也不尽相同，别具异趣。无论是洒脱和高雅，还是沉郁与深刻，无论是空灵和温润，还是朴素与清新，无论是小楼清风，还是少年童趣，无一不处在一种虚实相生、朦胧多极的状态。逝水兰钧的诗歌看似是云起云落的悠闲漫步，亦悲亦喜的忧郁冷峻，实际上却表达着一种忧国忧民的世情俗虑和对现实生活的深情渴望，通过个人化的多重写作展示了作者对生活的热度。而在语言上多选取一些超实景，超自然的实验语言，在我看来是为了完成其诗歌意象与意境的最终实现、这又让我想起了王国维这个中外"意境"说的集大成者，他在总结康德和叔本华的意境精粹，聚合王昌龄和司空图的"三境"和"韵外之致"，以及一些佛教学说之后，提出了"言外之味，弦外之响"的意境审美标准，结合逝水兰钧的冷峻创作，无疑对现代诗歌写作有着很好的启示作用。

2019年4月草于花城

072 / 林花愫
074 / 水清无鱼之孤岛
076 / 落尘埃
079 / 暖
081 / 风中絮
082 / 无缺
084 / 犹待痤可
086 / 邀冬
088 / 空庭
090 / 隔
093 / 人偶
094 / 万水千山
096 / 孤宝之食
098 / 风尘
101 / 梦里星沉
103 / 浪客心
104 / 意难平
107 / 送别
109 / 沐光

111 / 向北
112 / 阳光
115 / 雪前
117 / 雨霖铃
118 / 初见
120 / 地球之外，世界之下
123 / 九月秋雨
124 / 忘
127 / 气
128 / 浮生梦
130 / 蜂拥而至的你我他
132 / 黑暗中失神
134 / 玉碎
137 / 青空
139 / 近忧
140 / 有一年·狼
143 / 不见
145 / 忆长安

目录

001 / 幻云天
003 / 思兔
004 / 瞑苍
006 / 癫
008 / 韵香焚怨
011 / 幻
012 / 残虹惋
014 / 莫须有
017 / 烟罗雾雨交
018 / 莫须有（其二）
021 / 虞美人·点香
022 / 锥指经年
024 / 鞅鞅
026 / 半惭
029 / 菝荷幻音
030 / 时光在绞杀
033 / 义之阅墙
035 / 初雪

037 / 咏阿瞒
038 / 寞寞阡陌
040 / 折戟沉沙
042 / 提笔
045 / 远航
046 / 三国
048 / 松风鼎沸之假面
050 / 春霜打
052 / 冬临海，钓无鱼
054 / 蜉蝣
057 / 北地寄夏
058 / 祸无言
060 / 等待无期
062 / 夕阳的裂变
065 / 无题
066 / 无题
068 / 遗失的纸飞机
071 / 天堂

幻云天

雪霁难解浓云愁,泠泠香落缀满头。
凤羽灼灼展翅游,碧叶银辉皆成尘。

思 兔

尖尖双耳破春泥,
寥寥细雨暖绒披。
觅食归来迤逦去,
足浅徒留微雨涡。
亦见野兔窥窗篱,
许是雏儿好新奇。
究底人兔何相似,
皆是腐肉皮下栖。

瞑苍

淡金徘徊缀瞑苍,莹紫佻拓恣肆荡。
龙游晦隐闷雷响,碧枝隐翠嫩林疏。
风漾清空暂明朗,落寞北斗懒散藏。
摘星一世空孟浪,呆盼广陵渐成殇。

癫——丛花迷引悼情凄,天地浩渺,当惜之,复惜之,再惜之。

似辍还留花惧暑,云烟袅袅松枝慰。清平宇内瓢中水,盈漾冲摆暗蔽危。
妄将水添一点翠,素绢煦暖缱绻悲。黄泉碧落丹心蕊,误长生,劳燕分飞。

韵香焚怨
——花落香逝人萧条

闲待惊雷隐恨游，
明朝天下化灰垢。
娇妍媚时拥相凑，
赞本腌臜叹更丑。
枯枝常甘败叶秀，
憎喟常闻道春旧。

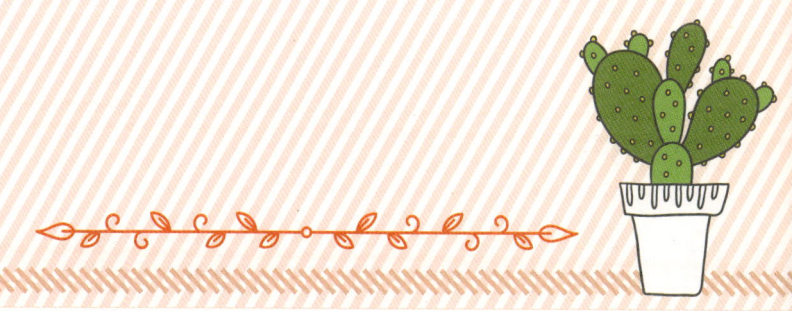

幻

花伴叶,红酥软劫。碎玉情,融冰破雪。啮砚守空闺墨竭,呜呼雌雄皆幻耶?障目兮怜知秋叶,蔽体乎鸳鸯情切?手足伉俪白骨阶,泣雨啼雷空相携。

残虹惋

浩瀚无极口相传,

七彩华焕日盏圈。

苍生无眼黑白颠,

痴憎雀禽遥相盼。

掩日掠枝情绵绵,

云雨姊妹风成全。

游鸥嬉逐虹影残,

将散尤絮蜃楼远。

莫须有

——携雨朝陟,以诗相祭,戏虹,略惭

坐何益来立何益,

行若踯躅阴雨丝。

豪雨覆天何人戏,

相践蝼蚁几时休。

汀泞静来叮咛喧,

银箭雨砸万古愁。

目及寰角实宁蔽,

刹那尘烟不复忆。

烟罗雾雨交

衔来苒苒碧岫云,轻铺街衢一抹绿。
忽而云簇争风聚,霖铃缓坠薄如絮。
遽然叱闪凌锐锋,光风霁月失侣侣。
朵朵翻掀裛罗色,吾忖轰啸可为戏。

莫须有（其二）

——香散舞衣凉，莫道日长，勿诉衷肠

云鹜风号层雷慑，雀啼莺啭须憔悴。

没落雨丝悯残荷，亦难见其复葳蕤。

叶笛悠悠醉梦彻，焚稿烹肠求玉碎。

二毛渐生足为乐，劝君莫种莫名畏。

虞美人·点香

垂髫点香不知愁。
逍遥少年游。
及笄点香半成忧。
兔起鹘落，剑影舞光残。

而今点香客居处。
四角空空也。
聚散情仇沧浪水。
便是挂怀，何抵世事摧。

锥指经年

乐其所恶非独幽,
法空律涩妄绸缪。
名沽实易滴漏朽,
疲饰生旦骨蛆臭。

鞅鞅（感念《仙剑奇侠传六》）

鲲鹏眠，不复吟九天愿。

祈影难，朱红漫溅，飞白墨烟。

秋鸦倦鸣蝉，何处馥剩膏残，唯惜恋玄冰常暖。

萧萧漠漠今朝颜。

葱错错明灯绣怨，商君远徙刑难止。

半惭

销长风而瑷瑷,缄而不发兮默默。
枯荣不兴,林缘早废,水天安一隅,各得其所。
阴人不愧不惜知,静水映心涓淡鱼。

荷荷幻音——解渴鹿之涵

旋蕊清涟菡萏缘，
泱泱洪澜炤波帘。
蝉鸣讹尔误秋声，
泮汗云波舍行船。
庠序有仪雨肃神，
戮渎前尘谲诡燔。
黎氓闵闵不堪忧，
幸逢润泉溶新莲。
道伏饿殍更漏残，
酒色风流还复散。
枕畔香凉歌舞歇，
搦管青毫抒夙愿。

时光在绞杀

蓝色的流年追上了枫叶的尾巴,
鲜红的血浸染乌黑大地。
飞虫纤弱的四肢无法向高大人类传达,
它们家的所在,而远处,灿烂夕阳,正撒着动人的谎。
星娘从不染亮色唇,星哥儿无缘无故地害羞。
大椿寿长却不衰老,旁观他们她们的来回往复,
酝酿着千万年饥渴。
他为他们的真稚,恻恻隐隐。

032

义之阋墙

总角订童盟,旦夕复相离。
凄凄战骧嘶,输却始与终。

初雪

歧路迢迢忽叩访,天霄为扉穹为梁。
飞廉漱雪诉离肠,悄掩扃牖相燕详。
薄滴清泪奇年矣,不思檐外飞雪茫。

咏阿瞒

朦月沾尘星色烟,万犬吠实钜鼎倾。
大乔小乔铜雀吟,英雄断碑葬残岭。

寞寞阡陌

顾柳穿窗叶,横搴棕色蝶。
翠玉披风月,行客乡意切。
可有团栾诀,相偕抵流光。
瑊玏欠金石,炯炯灿萤涅。
君以笙歌谢,吾攀高檐别。
琳琅青蚨跌,似曾高堂满。
白头如新却,不若未倾盖。

折戟沉沙

斩关游斗鞘待合,咫尺天涯歃血歌。
鹭涛饮浪诈连环,欲减江东丁忧阁。
铿锵既鸣难存德,破阵朱红多平仄。

提 笔

徒然四壁檐清漏,焚膏继晷难测酬。
亢歌谨书寥寥意,乘兴添墨侃侃诌。
忽而恍觉思难衷,夙夜不解兴寐由。
子建太白洋洒后,蠹鱼相效成卷轴。
未知幕闭花落时,得复抖擞展薄愁。

远 航

龙门双喜映红烛,
戏水鲢鱼伴荷锄。
远眺篷帆萍水步,
洋煌饮浪筑高阁。
似曾引棹效徐福,
月海明灯谁先得?

三 国

铸鼎以成加冠礼,岁岁星火时复断。
弓矢连城风长飓,鼎足三分不足安。
哂笑逐鹿争雄霸,凝睇默念五丈原。

松风鼎沸之假面

罗扇轻摇羞掩颊,小炉初沸沁朱霞。
琅珰脆瓷引流觞,半裾莲裙沏新茶。
鸱声惊悴红颜枯,阆阆坟冈寂无涯。

春霜打

枯草衰颜寂无闻,树笛幽眇攀月轮。
散墨漫漶若失魂,绝塞永锢梏中人。
薄霜不减笼苍坟,碧山闲人何得寻。

冬临海，钓无鱼

沃雪适融冰破颜，钝击木鱼稍嫌暗。
半盏枯坐钓无环，笑哂昔年挽弓还。
鱼吟龟诵听不断，远舟残棹衬孤湾。
烽火鏖兵龙吟冢，难破忘川蜃海幻。
衔壶清酒好归去，空席诚悃祭前缘。

蜉 蝣

浓雾蔽前路，畸零不胜寒。雪霁流风回，迤逦半生缘。
花间衔枝笑，忆昔旧阆苑。亘古多离欢，镌情入残魄。

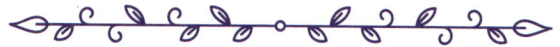

北地寄夏

隔衫渐透氤氲暖,翠枫初苞将欲破。
驿前熙攘臂相挽,久病沉酣岁如梭。
夤夜焦忧不成书,南风未解衾侧笺。

祸无言

福禄德寿偶相宜,

眈眈忧苦紧偎依。

自古年少英雄志,

不期天水可倒倾。

绣阁明烛如松立,

几多殷切渐成冰。

死生顿挫须扬抑,

静守来年春芳至。

等待无期

莫名的喧嚣填补着饥渴,
想念无处皈依,
许多过早成为奢侈,
是以，街攘衢落,
澄明笑容，转瞬即逝。

扭动的四肢掩饰仓皇,
像热气球飘浮中迷失风向,
有否听闻沙漠中仙人掌,
也抱怨人心内太干涸

旋转木马没有家,
只在固定时刻按键开闸,
褪色的信物光洁无瑕。
今夕万塔徒有宫商,
残缺舞团永不退场

青松苍翠处少有地充盈怔忡,
火红双颊正孕育明朝憧憧,
暮鼓晨钟,
敲中，久违的年少

夕阳的裂变

奔跑的风忽略记忆,
脱轨的星照亮疯狂,
枯萎的树嘲笑悲伤,
迷蒙雨丝依旧固执地下,
下呀下,下呀下

奋不顾身想要拥有的,
变成谨小慎微的微茫希望,
仿佛随时随地有可能熄灭,
陌生的自己忽远忽近,
任你长篇累牍,
说不尽,深心底,溃堤腐烂太荒芜

无 题

翩跹溟濛中,振翼苍穹里。浓雾匿熙攘,淡云隐纷扰。终是墨淹雪羽,抔土莫须有。

无 题

萤火陨灭的瞬间,有星子遥遥坠落,
莫名的等待是最后的依赖。
彩虹奔向雨的尽头,
燃尽希望。
应知干枯的落叶无须晾晒,
黎明早已无奈转身。
浸染上七彩的发梢,
萦绕着无辜。
守望,
最后的日落。

遗失的纸飞机

蓦然间回首成空
转过头再寻不到
时光苍茫倥偬 翅膀脆弱
蹉跎

明明是白纸一张
转眼要折出形状
尖头的飞机 还有单薄纸鹤
是不是能够飞翔

那些记忆的碎片
零落在荒芜梦境
拼凑整齐 变不成原样
剩心脏默默仓皇
不管折得好不好看
至少放飞它一次看看
天外天 远不远
打着旋消失在白云间

天 堂

是不是 你不在我的身边
冬天里 你向往一样的眼神
凛冽的寒风过
我也要守护你的
笑容

情深不寿 灾劫重重要抢走你
确实风声鹤唳 活得不容易
即使再也不相见 距离挡不住
这思念

鲜红的血液染透 简单的缘由
冰冷的目光撕碎 前因三千
陌上翩跹 曾无负担
绵绵延延 剪断风筝线
是牵绊

林花愫

秋光晕染醉花荫,小圃彩卉倚翠林。
不拘风过无定寝,愿守岁寒一时青。

水清无鱼之孤岛

漫漫清澜逐远黛,朗日初上雀成排。
藤架新茄映微光,汲汲春水少情怀。
缸影澹荡水无鱼,照彻忧怖伊不来。

落尘埃

静影深潭眸如星,泅浮尘浪总关情。
痛舍皑皑来时路,湛明夕景漠离卿。

暖

春撷芳芷共从容,
杨花散尽东风破。
北境六月尝飞雪,
南国温润亦侳偬。
沐云栉雨不得归,
日曜烹风落垂拱。
香蕊飘零荼蘼梦,
栀甜杏软总堪纵。

风中絮

绒絮凌舟漫天舞,

轻吹球茎扬莺处。

人若纤丝亦无根,

狂风过时起征途。

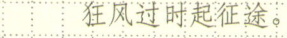

无缺

圆月半殇破远疆,龙吟孤啸煞天狼。

支绌太极无短长,战场岂容郎彷徨。

姑息残念相隐藏,阳秋飞掠杀断肠。

犹待痊可

霜衣淡杳入梦长,渺渺纭香不可闻。

铅华败遁穷山水,洋洲阻隔几堪问。

此病幽茫名相思,情远梅烬烙疏痕。

伤愈惜待疤如茧,漫听牙板叠叠顿。

邀冬

芍枝蓬勃将及腰,四时花讯共抽调。

信秋可悟夏末寒,潏潏云起早相邀。

空庭

阑珊枝影无端摇,
暄暖长昼闻机捣。
乱草夹道通木扉,
漆落榫锈随风老。
空花幻过满室嘈,
忽成陈迹不可考。

隔

隔山隔水隔人心,情义难全望天频。

胸有轻寒已难辨,抵壁蜷拳月如倾。

信约失违旧路阴,魂兮相触惊梦勤。

若得殉身稍相报,道气长存终古吟。

己虽羸微不足惜,虚墙早立犹胆怯。

奢望众心久同印,稚子尚还恨阻隔。

人偶

悬丝提系无筋骨，

柔肢可作东风舞。

静时把玩臂依扶，

争奈念及眼前苦。

当是天机玄中谱，

未敢深信已入彀。

长河平分双城线，

向隅旋摆人亦偶。

万水千山

零总细碎道拾遗,死生契阔岁相离。
前世内陆连天旱,不期与海现彼邻。
阴云挂檐拒鸟啼,环身一顾双亲畸。
难复幼时游冶意,山河琳琅水空流。
但望明朝见初晴,莫负来路潇潇雨。

孤宝之食

食色性情入骨埋,
简素稍省尸皓皓。
五谷裹胁流光去,
粗粮喜伴无根菜。
心志几曾多摇摆,
偏记饥时需动筷。
揉捏团圆注情爱,
吞咽莫忘前夕哀。

风 尘

湘江游船小排笙,花雾间红袖挽肠。
河山百年郎变翁,旧曲辛凉转无声。

梦里星沉

灯明照目始嫌暗，

沉虚空影久不散。

鱼贯相连身难脱，

疑是心鬼恨长谙。

旧梦优柔自寡断，

青榻辗转追始元。

终年寄居无定所，

借问何处才容安。

浪客心

浮萍吝息居，
脱略何所欲。
杯酒伴秋菊，
花残莫拘迂。
祸来有时遽，
前追孟姜女。
身无男儿躯，
空怀半点愚。
已陷局中局，
仍念浪荡曲。

　　需笑我癫狂，日久无心敢忘旧日屈！吁其愿，遗其志，终有剩，非名利，混沌错杂一捧掬，不可期，不可欺，不可栖。

意难平

辕门市首始相逢,
并蒂花开试平生。
红雨飞落凝水瞳,
薤上新露兆心声。
恁般际遇只一重,
不似帷幕千万种。
碧雀点喙眉峰中,
思忆成疾误繁星。
　　长阴昼,
　　　　勿牵忱,
早是冬回冻寒霜,
几帘幽梦盈空。

送 别

蝉声渐绝送秋风,
古道长亭远峥嵘。
无茶无水殇一捧,
聊慰使君别来梦。
前途可曾欣向荣,
亲友可曾贺新庚。
觉来渊停聚如昨,
醒时岳峙前生非。
空亦空兮欲无穷,
百般皆求何得剩。
一世一念难再增,
何必逢他效冬烘。

沐 光

慕雪松兮北徙,
尔腮清旎兮微红。
恐铩羽败兴无归,
犹不悟强思长留。
漫漫歧途亲信远,
惜知处处有花繁。
林木平宁修竖脊,
沐光独坐暂忘机。

SUN	MON	TUE	WED

THU	FRI	SAT

向北

承平无掣肘,
放手飘零瘦。
夷犹心意回,
已失余地悔。
纵身忘我游,
霜鬓风中抖。
北地冰封后,
再作他日愁。
边塞户闭棍寒,
冻中清寡,
窗外春迟迟。

阳 光

婆娑树影壑中行，涧外平林月沧宁。
秋分露重况味清，多年夙愿未得成。
气韵深沉凝风铃，寒透肌髓冻前情。
陈怨狰狞暗相聚，凌空直上罩全城。
忽而仰观叶飘零，始见旭日破云层。
哀乐参半懵懵然，梦魂望断恨轻醒。
鸭脚杏黄难长青，昏暖错落映橙阳。
坊间松鼠甩尾过，毛发泛金眸潋澄。
雨雪稍歇暂得晴，照彻满心无措吟。
乡外漂泊犹多病，何尝惬意享今生。
奉此吉光徐图盛，缓拾枯草敛日芒。
便是明朝阴复冷，静中悟颖寂人声。

雪前

阳光渐渐式微，院内树峰崔嵬，
心思百转迂回，自卑、懦弱、倾颓
——应和深秋将至未至的雪，低回，低回。
只差最后一场风雨，枝上红叶便被全部摧毁，
落叶破碎的声音干枯清脆，
单薄如世人不被接受的忏悔。
快乐并非糜烂的沉醉，它无法寻追；
骤然猛烈的阳光后是永夜的回归。
初雪也许压抑，也许明媚；
对错是非掺了愧，代价昂贵。
待雪花飘飞，又是一年秋尽，
大地沉睡，莫名催人落泪，一滴，只一滴。

雨霖铃

更深叶落,时如滴水,声声随刻。

小楼孤夜长卷,字字钻心,老笺昏寞。

墨渍洇遍白宣,求不得解脱。

梦沉魇,几成痴缠,何处蜂蝶紫陌。境迁早是星移祸。

乘风过,谁解汝饥渴?

天边秋雨无断,却胜似,旧昔枯涸。

别来疏落,抛尽故人,冻伤遗乐。

偏难弃意切情挚,同为薄衫客。

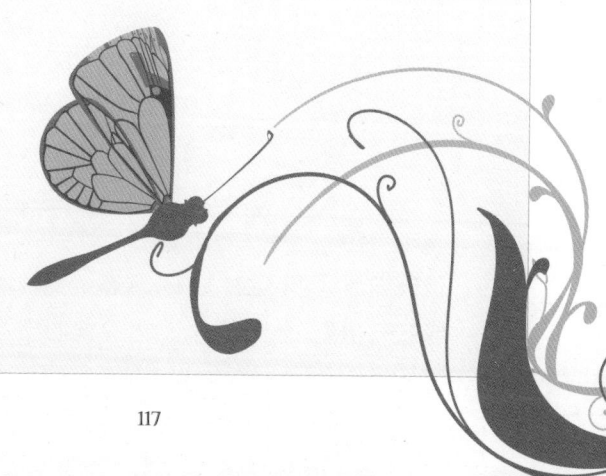

初见

磅礴如溃堤,未觉神先驰。意态不复闲,终朝长凝睇。
缘起一初见,全然不由己。若论此心字,颊上泪三滴。

地球之外,世界之下

三千世界交错如烂漫繁花,平行时空下你我自说自话。
是谁说要活得风骨高华,奔腾叱咤?
恒心是渡梦的筏,
挣扎,拼打,
荒草式的挺拔须贯穿这段生涯。

呵,人心的偏狭最是难懂复杂,
千万里放逐漂流也甩不开的疲乏是岁月遗留的刻痕,一笔一画,
生者跋涉,死者为大,
却仍旧拖着沉重脚步攀行,
只因生命有终,情意无价,
隐者的优哉在于摒却,红尘的放纵在于接纳,
有人坐地成佛,有人杀人如麻。
看,风景如画,可不远处即是濒临绝境、苦难困顿逼出的以牙还牙,
若能,淡忘所求……
易愿易思易惶惶,皆世之不易法,
或求诸多有情人得偿所愿,深情款洽,
诚者应作如是想。

——又一个无月的中秋,冷雨丝丝筛过树枝间缝隙,
急于返家的车辆打灯时,形成几不可见的细碎银色光斑。
枯叶飘零欲坠,风来,又是场叶雨徘徊。
在地球之外,世界之下,
有太多失去,来不及品咂。

九月秋雨

绵丝如瀑思一醉,醉乡互诉无怨悔。
天涯有尽何处归,求醉不得行莫催。
阴云罩顶帘似水,羽亦朦胧翅难飞。
秋雨闷沉压腑肺,渐红渐落叶相随。
　　风起旋舞终零碎,望檐畔残枫,
火红秋烬,雨后霞蔚,说不尽,曾相怼。

忘

心亡皆在恩怨间，

境窘时艰旧源干。

丰碑久屹渐难堪，

痴忆相执终有倦。

云重席卷过千山，

早日抛却梦魂酣。

硕鼠贪食胡桃坚，

嘲我念杂不漠然。

炁生循百穴，
欲满亏一篑。
心澄若净水，
何惧魑魅鬼。
惊痛交加日，
方知不可追。
雷霆怒潮推，
灾劫事尽摧。
思访惊鸿客，
址舍迁无回。
愤燃几人碍，
恼灭更寡味。
地覆天复翻，
兴衰常变轨。

浮生梦

华堂喧阗鼓声促,圣手难描形骸露。
旦暮思君身回顾,伫听远市乱心湖。
倏忽斜雨密钩织,离京三年路踟蹰。

蜂拥而至的你我他

沉鱼的生命尽头是凝固的蓝,永不枯涸,
　　带走从前的饥渴与困惑;
苍白无力是最深的无可奈何,难为大雨滂沱。

没有得到召唤,你我相聚至此,
　　今生欢乐短暂恰似枯叶旋落,
　　哪里抵得过时光冷漠,误会交错,
如同六边形的对角线,幻化出美好的星,
　　之后何以为继?

路人繁多,运若漩涡,旦夕劳作,少见展颜。
霜华浓浓,众皆游水,载浮载没,谁预前祸。

四方广漠，衾宇控缰，停步徘徊，少见硕果。
　　星芒微微，众皆俯仰，岂畏人言，但求一诺。
　　　再望，再望，如隆冬蜡梅，如深秋枯荷，
　　恁般痴缠，徒显无能软弱，何必，何必。
　　　敢问爱有无颜色，亲缘情缘可能抉择？

　　如是，请看，没有得到召唤，你我相聚至此，
　　　往日笑语轻盈恰似五彩泡沫，
　　　被海水包围时的焦渴无从润泽，
　海是咸的，泪是咸的，思绪干涩，几番平仄，
　　记忆遭反复揉抹，再嚼不出销魂滋味。
　　　突然闯入的兔子恍惚有薄荷的清香，
　以及松针的味道，又或许，仅是幻觉影影绰绰，
　啊，能告诉我吗，为何我们蜂拥而至，相聚在此？
　　　别说是命运，这说法太单薄。

黑暗中失神

绝对的黑暗为我所渴慕追忆,
风簌簌而起,
我心爱的伙伴,适才被长者厌弃。

柔韧的质问次第坠落，无力，
　　幸而有枝可倚；
　然风起静池，扰人忧喜，
　　漂泊乃吾辈之归依。

　光亮中有神明睥睨，
　　叹世情何以至此，
　　　遣秋风荡涤，
　　　却不抵暗鬼心疑。

　　　早生离去之意，
　　　奈何牵绊未齐
——桌畔烛泪焦痕旁飞来翠鸟鸣啼，
　　　笑我负气笑我痴。
　　谁在望天戟指，
　化解胎死腹中的倾诉与压抑！

　应有种语言永远得不到翻译，
　　　相伴又相斥。
　　在黑暗中失神迷离，
　　　似欲长眠情暂寄。
　　　混沌倏忽而逝，
　空气中哪来印记追溯昨日陈迹，
　　　怎当弃。

玉碎

伏惟深山产宝矿,美玉为质石为框。
潺潺水流淘沙尽,溲溲色杂不成象。
千磨万凿摹其形,身亦何屑玉何尊。
汗落犹温溅玉凉,琢成四散各行商。
珠玉有价尚可抛,人难相弃总断肠。
玉纹如丝藏经络,恍若古树硕年轮。
明庶风起仍料峭,惊闻玉碎意空茫。

青空

珥芒暖融融,
繁樱落如许!
遥望映水天,
花坠满捧掬。
青冥静莹洁,
湛碧洗尘虑。
澄蓝无云过,
虽咏亦冗辞。
突见粉雨急,
疑是入花心。
芳瓣清氛中,
仍得潄一缕。
凋零引别绪,
尽惜此时艳。
上苍唯亘古,
默久不成语。

近忧

幼少识忧不解忧,年长解忧难遣忧。
人远却,道犹然,余温绕指似相搂,转瞬升腾去。
张口失语从何劝,结舌痴意上眉头。
短乐薄积,深愁温熬,其间甘苦渐浅浓。
几多层,待君来辨;当其时,复攀高楼。

有一年·狼

从前,一只狼爱上了小红帽,他兴奋地在丛林中奔跑,
热切盼望着每一次"不期而遇"。
可小红帽总是吓得尖叫,落荒而逃。
加速心跳,他的心随着她的一举一动而紧绷。
某天,他将熟睡的外婆藏在床底,李代桃僵,
期待能与她有一次短暂的拥抱。
等来的,却是猎人和洞穿心脏的火药。
然后,再没有然后。
童话的终结,像在空气中爆灭的七彩泡泡。

又有一年,另一只狼应运而生。
岁月洪流汹涌咆哮,世界格局早已变幻。
他英勇坚毅,常对月夜嚎,是为狼中之王。

听说过那只狼的故事，他觉得愚蠢而可笑。
狼怎么会有爱，他们仅属于自由，来去逍遥。
也遇到过猎人，可脱身不过举手之劳。
很多次，他无视同伴不安的叫嚣，自顾自逃出生天。
我是王，他想，总能找到另一批跟随者。
他笃信自己的强大，没有朋友，也没有亲人，活得张牙舞爪。
忘记了，衰老。
终于有一年，他同样沦落到在猎网中痛苦而无助地嘶吼，
被带上死亡的镣铐。

远处的向日葵田中，弥漫着阳光的味道。
在阳光照不到的阴影中，年复一年，无数匹狼赶赴命运的浪潮，
湮灭，消亡……

不 见

流云攒簇碧枝凋,街灯淡映黄昏道。
秋意三分槁,冷雨积路潮。
寻欢意先老,争如早不见。
夜凉月成刀,锋寒梦几遭。

忆长安

横栏隔古迹，
尽档慕名人。
陈陈木色香，
旧都多亡魂。
销尔称霸意，
朝暮几君臣。
朱坊酒渍干，
碑铭难细认。
墓穴空且阔，
帝王或安枕。
子虚乌有处，
似闻昔年韵。
陵寝尚崴崴，
身首已异地。